JN246223

こども哲学

美と芸術って、なに？

この本の計画をそだててくれた世界中の学校、
「クラスで哲学する」冒険にとびこんでくれた先生たち、
それから、ことばに意味と力づよさを取りもどさせてくれた子どもたち、
みなさん、どうもありがとう！
それから、この本に力をかしてくれたみんな、
ジェローム・ルコック、レイラ・ミロン、サンドリーヌ・テヴネ、
イザベル・ミロン、ヴィクトリア・チェルネンコにも、
こころからのお礼を。

Édition originale: "LE BEAU ET L'ART, C'EST QUOI ?"
Texte de Oscar Brenifier
Dessins de Rémi Courgeon
© 2006. by Éditions Nathan – Paris, France.

This book is published in Japan by arrangement with NATHAN / SEJER, through le Bureau des Copyrights Français, Tokyo.

こども哲学

美と芸術って、なに？

文：**オスカー・ブルニフィエ**
絵：**レミ・クルジョン**
訳：**西宮かおり**

日本版監修：**重松 清**

朝日出版社

何か質問はありますか？
なぜ質問をするのでしょう？

こどもたちのあたまのなかは、いつも疑問でいっぱいです。
何をみても何をきいても、つぎつぎ疑問がわいてきます。とてもだいじな疑問もあります。
そんな疑問をなげかけられたとき、わたしたちはどうすればいいのでしょう？
親として、それに答えるべきでしょうか？
でもなぜ、わたしたちおとなが、こどもにかわって答えをだすのでしょう？

おとなの答えなどいらない、というわけではありません。
こどもが答えをさがす道のりで、おとなの意見が道しるべとなることもあるでしょう。
けれど、自分のあたまで考えることも必要です。
答えを追いかけ、自分の力であらたな道をひらいてゆくうちに、
こどもたちは、自分のことを自分で決める判断力と責任感とを身につけてゆくのです。

この本では、ひとつの問いに、いくつもの答えがだされます。
わかりきったことのように思われる答えもあれば、はてなとあたまをひねるふしぎな答え、
あっと驚く意外な答えや、途方にくれてしまうような答えもあるでしょう。
そうした答えのひとつひとつが、さらなる問いをひきだしてゆくことになります。
なぜって、考えるということは、どこまでも限りなくつづく道なのですから。

このあらたな問いには、答えがでないかもしれません。
それでいいのです。答えというのは、無理してひねりだすものではないのです。
答えなどなくても、わたしたちの心をとらえてはなさない、そんな問いもあるのです。
考えぬくに値する問題がみえてくる、そんなすてきな問いが。
ですから、人生や、愛や、美しさや、善悪といった本質的なことがらは、
いつまでも、問いのままでありつづけることでしょう。

けれど、それを考える手がかりは、わたしたちの目の前に浮かびあがってくるはずです。
その道すじに目をこらし、きちんと心にとめておきましょう。
それは、わたしたちがぼんやりしないように背中をつついてくれる、
かけがえのないともだちなのです。
そして、この本で交わされる対話のつづきを、こんどは自分たちでつくってゆきましょう。
それはきっと、こどもたちだけでなく、われわれおとなたちにも、
たいせつな何かをもたらしてくれるにちがいありません。

オスカー・ブルニフィエ

もくじ

（特別付録）重松清の書き下ろし掌篇「おまけの話」が本の最後についています。

うつくしさについて、
かんがえることは、
みんなおなじ？

そうだよ、「うつくしい」ってことば、

美しい

そうだね、でも…

きれーい！

フン！ただの月だろ

ことばの意味って、
だれにとっても、まったくおなじ？

なんだこりゃ

じしょを書いたひとに、
さんせいできないことも、あるよね？

じしょにあるでしょ。

じしょには、人生の意味ものってるの？

こころで感じたうつくしさ、
ことばで言いあらわせるかな？

おなじさ。ぼくたちみんな、ニンゲンだもん。

そうだね、でも...

人間ならだれでも、
うつくしさがわかるのかな？

きみとともだちと、
すきなものはおんなじ？

どこでどうくらしてきたかで、
すききらいもかわるんじゃない？

きじゅん

りかい

げいじゅつか

じゆう

やくわり

ちがい

きじゅん

りかい

げいじゅつか

じゆう

やくわり

ううん、ピカソみたいに、なんだかわかんないのもあるし。そういうの、ぼくは、うつくしいっておもえない。

そうだね、でも...

きみがいいと思わないものは、
うつくしくない、ってこと？

芸術は、なんだかわからないと、
うつくしくないの？

この世にたったひとつだから、
うつくしい、ってことはない？

芸術って、うつくしくなきゃ、
だめなのかな？

ちがうよ。ぼくは、クモって
キレイだとおもうんだけど、
ほかの子たちは、
キレイじゃないって。

そうだね、でも…

そのうつくしさがわかるのは
この世でたったひとりだけ、
なんてもの、あるのかな？

かいぶつだけど、うつくしい
って、ありえない？

ある！

きみもともだちも、
どっちも正しい、ってことはない？

うん、せんせいが、

そうだね、でも…

うつくしさがわかるひとと、
わからないひとがいるのかな？

こどもには、
うつくしいもの、わからない？

ちがい

きじゅん

りかい

げいじゅつか

じゆう

やくわり

「うつくしい」って言ったら、
そうなんだ、って、みんなおもう。

すばらし〜〜〜〜い！

うつくしいとかうつくしくないとか、
ひとに言われて、感じるの？

いまは有名だけど、生きてるうちは
みとめてもらえなかった芸術家、
けっこういるよね？

ううん、うつくしさなんて
どうでもいい、って
ひともいるもの。

ちがい

きじゅん

りかい

げいじゅつか

じゆう

やくわり

そうだね、でも…

それって、うつくしいものがわからないせい？

うつくしいものがなくっても、
ひとは、生きていけるってこと？

うつくしいものを、
こわいと感じることだって、ない？

「うつくしい」ってことばは、みんな、ふつうに

つかってて、せつめいなんかしなくても、わかってもらえると思ってる。

でも、友だちと話してみれば、気づくはず。

なにをうつくしいと感じるかは、ひとによってちがうんだ、って。

どんなものがすきか、どんなふうにくらして、どんなことを学んできたか…

そういういろいろがつみかさなって、「うつくしい」ってぼくらは感じる。

だから、「うつくしい」ってことばにこめる意味も、ひとによってちがうんだ。

それで、ときどき、ぼくらのあたまに「？」がうかぶ。

このことばは、ほんとに、なにかを意味してるんだろうか？ って。

いろんな意味が、あたまの中をぐるぐる回りはじめたら、

くわしいひとの言うことを、きいたほうがいいのかな？

それとも、自分が感じたことを、しんじていればいいんだろうか？

どちらにしても、これだけは、はっきり言える。

人間には、うつくしいものがひつようなんだ。

たとえ、その正体が、つかめなくても。

この問いについて
考えることは、
　　　　つまり…

…きみとみんなをつなぐもの、
きみとみんなを分けるものを、
みつけだすこと。

…どういうところで、
きみのこのみは、まわりに
えいきょうされるのか、
つきとめること。

…おなじひとつのことばでも、
ひとりひとりがちがう意味を
もたせてるんだ、って気づくこと。

うつくしいものって、なに？

ちがい

きじゅん

りかい

げいじゅつか

じゆう

やくわり

自然。やさしくて、

そうだね、でも…

とも食いするどうぶつも、
やさしくて、バランスとれてるの？

火山は、あらあらしいから、
うつくしくない？

生きてるものをうつくしいと思うのは、
きみが生きてるからじゃない？

バランスよすぎるのも、
たいくつじゃない？

バランスよくて、それで、生きてるから。

わたしのこいびと。
カンペキだもん。

そうだね、 でも…

カンペキじゃないとこみつけたら、
考えかわる？

すきなひとって、
いつでもステキにみえたりしない？

カンペキなひとって、
ほんとにいるの？

いいところが、わるいところに
なったりも、するよね？

ちがい

きじゅん

りかい

げいじゅつか

じゆう

やくわり

かなしい話。なけるから。

ちがい

きじゅん

りかい

げいじゅつか

じゅう

やくわり

そうだね、でも…

うつくしいものが、
ぼくらをくるしめたりする？

なけるものなら、
なんでもぜんぶ、うつくしい？

きみのこころをゆさぶるものしか、
うつくしいとはおもえない？

よっしゃー！

…ないた
あとはね！

ないたら、
きぶんよくなるの？

うちゅう。
むげんだから。

そうだね、でも…

デカすぎるよ…

見たりさわったりできないものを、
うつくしいって思えるのかな？

宇宙にあるもの、
なんでもぜんぶ、うつくしい？

宇宙がなかったら、きみもいないかも…
だから、そう思うんじゃない？

はてしないものが、うつくしいなら、
できあがったものは、うつくしくない？

ちかい

きじゅん

りかい

げいじゅつか

じゆう

やくわり

わたしのドレス。
きいろのみずたま、
キラキラきれいでしょ。

そうだね、でも…

みどりのさんかくだったら、
もっとキレイかもよ？

ライバルがおなじの着てても、
やっぱりキレイ？

それがはやって、みんなが着ても、
キレイ！ って思うかな？

キラキラって、
目だつだけじゃない？

ちがい

きじゅん

りかい

げいじゅつか

じゆう

やくわり

ゆめ。
げんじつとは、
ちがうから。

そうだね、でも…

うつくしさって、
ゆめでしかない？

ゆめがほんとうになったら、
うつくしくなくなるの？

ゆめがげんじつと
かけはなれてるのは、なぜだろう？

まいにちのくらしは、
うつくしくないの？

ちがい

きじゅん

りかい

げいじゅつか

じゆう

やくわり

この世には、うつくしいものもあれば、
うつくしくないものもある。

ひとでも、ものでも、風景でも、「うつくしい」と言われるものには、

ほかとはちがう「なにか」がある。

それって、なんだろう？

カンペキなもの、バランスのよいもの、はてしのないもの…

そういうものこそ、うつくしいんだ、って考えてるひとは、たくさんいる。

でも、そうじゃないものをすきになって、

「うつくしい」って思うこと、ないだろうか。

うつくしさって、なにかにこころうごかされたとき、うまれてくるものだから。

それに、かなしくなったり、くるしくなったりするものを、

「うつくしい」って思うことも、あるだろう。

それって、つまり、うつくしさは、見られてるものじゃなく、

見てる目のほうにある、ってことなのかな？

見てるひとりひとりが、そう感じてる、ってだけの話で、

じっさいには、どこにもないのかな？

それとも、せつめいできないだけで、じつは、どこかにあるんだろうか…

この問いについて
考えることは、
つまり…

ぼくは かーっこいーい
おうじさま!

…ほんとうのすがたを
見ぬけるようになること。

…うつくしいものが、
いつもそう見えるとは
かぎらないんだ
って、知っておくこと。

なーんてね!
サイッコーのカエルでーす!

…ひとのこのみは
かわっていくんだ
って、気づくこと。

…ひとのこのみと
自分のこのみ、
どちらもだいじに
していくこと。

ちがい

きじゅん

りかい

げいじゅつか

じゆう

やくわり

うつくしいもののこと、
きちんと
りかいするべき？

ちがい

きじゅん

りかい

げいじゅつか

じゅう

やくわり

いや、みて、きけば、じゅうぶんだよ。

ちがい
きじゅん
りかい
げいじゅつか
じゆう
やくわり

そうだね、でも…

そしたら、どうぶつにも、
わかるってこと？

もしも、きみの目が見えず、
耳もきこえなかったら？

どんなうつくしさも、
ひと目でわかる？

きみがうつくしいと感じるものは、
あかちゃんのときも、いまもおなじ？

クローク

そうだね、でも…

こころで感じたこと、
あたまでもわかっておけば、
ばっちりじゃない？

こころに聞いてみて。
ほんとうのことは、
いつでもうつくしいの？ って。

ちがう。うつくしさって、
アタマじゃなく、ココロで
かんじるものだから。

きみがこころで感じることは、
いつまでもずっと、かわらない？

映画をみて、意味がわからなくても、
「うつくしい」って思える？

ちがい

きじゅん

りかい

げいじゅつか

じゆう

やくわり

もちろん、そうすれば、
ぼくのしゅみがよくなって、
もっといろんなもののよさが
わかるようになるんだもの。

そうだね、でも…

きみのしゅみがよくなったり、
かわったりするのって、
おとなになってくからじゃない？

りかいすることで、
いいなって感（かん）じるものがふえるの？
それとも、感（かん）じ方（かた）がかわるの？

そのうちいつか、
うつくしいものすべてのよさが、
わかるようになるのかな？

うつくしいものをりかいできるけど、
そのよさはわからない、ってことも、
あるのかな？

ちがい
きじゅん
りかい
げいじゅつか
じゆう
やくわり

うん。つくったひとの作品は

言いたいことがわかれば、もっとステキになるでしょ。

ちがい
きじゅん
りかい
げいじゅつか
じゅう
やくわり

そうだね、でも…

芸術家は作品をつくるとき、
自分がなにを言いたいのか、
かならずわかってるのかな？

芸術家って、いつもなにか
言いたいことがあるのかな？

芸術家が言いたかったことと、
ちがうことを受けとっちゃ、だめ？

めちゃくちゃだから、
なぞめいてるから、いい！
って作品も、あるよね？

そんなことないよ。
かんがえすぎると、
あれもこれも気になって、
気にいるものが
なくなっちゃう。

そうだね、でも...

思いきって、ものごとを
ありのままに見てみたら？

気になっちゃうのは、
やきもちかもよ？

気になるところをみつけたうえで、
いいところもみつけるのは、むり？

考えるのをやめないと、
うつくしさには、であえない？

ちがい
きじゅん
りかい
げいじゅつか
じゆう
やくわり

うつくしさは、目でみて、耳できいて、こころでかんじることができる…

けれど、せつめいはできない、って思ってるひとが、たくさんいる。

すうっとこころに入ってくるから、せつめいなんか、いらないんだ、って。

でも、なにかを知ったおかげで、

それまで、かけらも知らなかったうつくしさに、気づくこともある。

しらべていくうち、見方がかわって、作品のよさが、ぐんとふくらんだり。

けれど、そこには、きけんもある。

作品を、ことばのかべでかこいこみ、

そのなぞを、ぼくらのこころをゆさぶるその力を、うばってしまうきけんが。

それに、なにかを語ろうとしすぎて、そのよさが見えなくなるきけんも。

うつくしいものをりかいしたうえで、そのよさを十分にあじわいたかったら、

あたまとこころを向かいあわせて、話しあえるようにしてやらなきゃ。

そう、すぐにけんかしちゃう、このふたつをね。

この問いについて
考えることは、
　　　　　　つまり…

…うつくしさを感じる力は
身につけるものなのか、
もって生まれるものなのか、
考えてみること。

…きみのその目にうつるものと
きみのあたまにうかぶものとを、
区別すること。

…考えたことと感じたこと、
どちらをしんじるべきなのか、
えらぶ力をつけること。

…自分の気もちやこころのうごきを、
きちんとりかいし、ぶんせきすること。

ちがい

きじゅん

りかい

げいじゅつか

じゆう

やくわり

ぼくたちみんな、芸術家？

ちがい
きじゅん
りかい
げいじゅつか
じゅう
やくわり

ううん、芸術家は
みんなとちがうもの。
さいのうあるし。

そうだね、でも…

芸術家（げいじゅつか）はみんなとちがうから、
ごはんもふとんも、いらないのかな？

芸術家（げいじゅつか）は、いつもいつも、
才能（さいのう）があるの？

その才能（さいのう）は、だれのもの？
その人（ひと）だけ？
それとも、じんるいみんなのもの？

ちがい

きじゅん

りかい

げいじゅつか

じゆう

やくわり

そうだよ。ぼくたちみんな、

そうだね、でも…

コンピュータはつめいしたひとも、
芸術家?

アタマのなかに
とじこめとこ

もしも、思いうかんだものが
うつくしくなかったり、
つまらなかったりしたら?

そうぞう力をもってるからね。

もしも、思いうかべたものを
かたちにできなかったら？

いい
しつもん
だね…

芸術家だと、想像力がすごかったり、
世界の見方がちがったり、しないのかな？

ちがい
きじゅん
りかい
げいじゅつか
じゆう
やくわり

そう。わたしたちみんな、
音楽とか、絵とか、
だいすきでしょ。

ちがい

きじゅん

りかい

げいじゅつか

じゆう

やくわり

そうだね、でも…

たべるのすきなら、
コックさんになれる？

音楽をつくるひとと、きくひとと、
音楽とのつきあい方は、おんなじ？

なんにもつくってなくても、
芸術家になれるの？

自分よりも芸術がすきでなきゃ、
芸術家にはなれないんじゃない？

うん、がんばれば、

そうだね、でも…

なまけものの芸術家って、
いないのかな？

芸術家にうまれるの？
芸術家になるの？

ちがい

きじゅん

りかい

げいじゅつか

じゆう

やくわり

みんな、なれる。

わしが作品じゃ！

がんばれば、なんでも
なりたいものになれるかな？

生きかえるぅ♪

芸術家だって、いきぬきしなきゃ、
いいしごと、できないんじゃない？

うん、じぶんをステキに みせる方法、 みんなしってるでしょ。

そうだね、でも…

ニンゲンも、芸術作品（げいじゅつさくひん）？

だれでもみんな、
知（し）ってるのかな？

見（み）た目（め）がステキなら、
それでいいの？

すかれるのは、芸術家（げいじゅつか）？
それとも、作品（さくひん）？

ちがい

きじゅん

りかい

げいじゅつか

じゆう

やくわり

ううん。わたしたちのかいた
びじゅつかんにかざられる

そうだね、でも…

<ruby>美術館<rt>びじゅつかん</rt></ruby>におかれるのは、
ほんっとにすごい<ruby>作品<rt>さくひん</rt></ruby>だけじゃない？

<ruby>芸術<rt>げいじゅつ</rt></ruby>はみんな、<ruby>美術館<rt>びじゅつかん</rt></ruby>のなか？

絵みんな、
わけじゃないもの。

ちがい
きじゅん
りかい
げいじゅつか
じゆう
やくわり

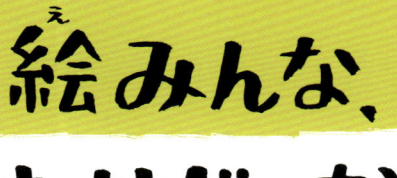

すごい芸術家なのに、だれにも
知られてないひとだって、いるよね?

このひとは芸術家って、なんでわかるの?
作品? それとも、生き方?

ぼくも、きみも、うつくしさを感じる力をもっている。

本をよみたい、音楽をききたい、映画をみたい、美術にふれたい、

って気もちは、そこから生まれる。

みんながみんな、じょうずに絵をかくわけじゃないけど、

なにかを思いついて、生みだす力は、だれにだって、ある。

そう、ゆめの話をきいてみれば、わかるはず。

ぼくらには、想像力があるんだ、って。

でも、だからって、ぼくたちみんなが芸術家ってわけじゃない。

芸術家は、とくべつで、すごい才能をもってるんだ、

って思ってるひとは、たくさんいる。

でも、芸術家だって、みんなとおなじ、ひとりの人間なんじゃないのかな。

ただ、芸術をしごとにしてる、ってだけで。

たしかに、なにかを生みだすことで、ひとのこころをうごかしたり、

ひとの生き方をかえたりできるひとなんて、めったにいない。

ぼくらには感じることのできないものを感じとり、

ぼくらには表現できないことを表現する、

そういうひとたちこそ、きっと、「芸術家」なんだろう…

この問いについて
考えることは、
　　　　つまり…

…芸術を感じる力と、
生みだす力を、
区別すること。

…ひとは芸術家になるんだ、
芸術が生まれるのは
キセキじゃないんだ、
って、気づくこと。

…きみの人生と、芸術家の人生とで、
うつくしいものがもつ意味のちがいを
つきとめること。

…きみのこころに
もえる思いを、
思いっきり、生きてみること。

ちがい

きじゅん

りかい

げいじゅつか

じゆう

やくわり

芸術家なら、自由に作品をつくれるの？

ちがい

きじゅん

りかい

げいじゅつか

じゆう

やくわり

ううん、ひらめきが
こないとね。

そうだね、でも…

ひらめきも、そのひとのやる気を
まってるんじゃない?

つくってるうちに、
みつかったりしないの?

ひらめきって、
どこか、よそからくるの?

芸術家なのに、なにをつくるかも
きめられないの?

ちがい

きじゅん

りかい

げいじゅつか

じゆう

やくわり

むり。センパイたちの えいきょう、うけてるし。

そうだね、でも...

こうすれば、ボクはボク!

なんにも、だれにも
えいきょうされない
なんてこと、ある？

えいきょうって、きゅうくつ？
それとも、ありがたい？

作家のかいたおしばいに出てるとき、
はいゆうは、自由じゃないの？

芸術家なら、
だれにもまねできないやり方が
あるんじゃない？

ちかい

きじゅん

りかい

げいじゅつか

じゆう

やくわり

もちろん。あたまに
うかんだこと
ぜーんぶ、
作品に
できちゃう
んだから。

そうだね、でも…

だからこそ、ほんとにつくりたいものを、
きちんとえらぶべきじゃない？

ちょうこく家は、どうぐやそざいで、
つくれるものがきまってこない？

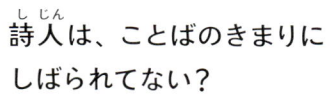

詩人は、ことばのきまりに
しばられてない？

ひとをきずつけるような作品でも、
つくるべき？

ちがい

きじゅん

りかい

げいじゅつか

じゆう

やくわり

そうだね、でも…

ばあちゃんに！

芸術家が作品をつくるのは、だれのため？
自分？ それとも、みんな？

サンキュー!!

おかねをかせぐために、
ひとは芸術家になるのかな？

ちがい

きじゅん

りかい

げいじゅつか

じゆう

やくわり

できないよ。
だって、おかねをかせぐには、
おきゃくをよろこばせなきゃ。

自由をすてなきゃ、
有名にはなれないの?

めちゃくちゃされたい、びっくりしたい、
そういう期待も、あるんじゃない?

うん、なーんにもしない自由だって、あるはず。

そうだね、でも…

芸術家が、なんにもつくらず、
生きてられるの？

芸術家は、はたらかなくても、
生きていけるの？

フン！

なんっにもしてなくても、
芸術家は芸術家？

もー、ほっといてよ…

なーんにも、ぜーんぜんしない、
なんて、ありうる？

ちがい

きじゅん

りかい

げいじゅつか

じゆう

やくわり

芸術家だって、いつでも思いのままに、作品を生みだせるわけじゃない。

作品へのとびらがひらくかどうかは、ふしぎな力にかかってるんだ。

そう、「ひらめき」ってよばれる、あの力さ。

先ぱいたちのことだって、気になるし、

やり方とかきまりごとも、おぼえなきゃならない。

それに、おかねをかせぎたい、人気をあつめたい、って思ったら、

みんなにウケることとか、流行にのることとかも、考えなきゃ。

でも、みとめられたい、ほめられたい、って気もちをのりこえて、

だいじなものをまもりぬくことだって、できるはず。

だれにもまねできないスタイルをつくりだし、世界に声をひびかせるんだ。

芸術家とは、なにかを生みださずにはいられないひとたちのこと。

なにかを生みだしつづけることで、

芸術を、そして、それにふれるひとびとを、前へとすすませてゆく

――そんな力をもつひとたちのことなんだ。

この問いについて
考えることは、
つまり…

…芸術家だって、ときには
かべにぶつかるんだ
って、気づくこと。

…どんなたのしさ、どんな自由が、
芸術を生みだす力になるのか、
つきとめること。

…芸術家が、よのなかで
はたしている役わりを、
りかいすること。

…きみのなかから、
きみに語りかけてくる声に、
耳をすますこと。

ちがい

きじゅん

りかい

げいじゅつか

じゆう

やくわり

芸術って、なんの役にたつ？

ちがい

きじゅん

りかい

げいじゅつか

じゆう

やくわり

人生とか世界について、なんか、ふかいことをね、ひょうげんするのに、いいんじゃないかな。

そうだね、でも...

芸術家だって、言いたいことなんにもないとき、あるんじゃない？

芸術は、芸術のためだけにあるとしたら？

芸術は、まじめで、ふかくないと、だめなのかな？

ふかいことを語るのって、シュウキョウとかテツガクじゃない？

ちがい

きじゅん

りかい

げいじゅつか

じゆう

やくわり

人びとのきもちを
にんげんらしさを

そうだね、でも…

芸術家って、
ほかの人たちより、人間らしいの？

人間のおそろしさも、
みせてくれるんじゃない？

ひとつにしてくれたり、
とりもどさせてくれたり。

ちがい
きじゅん
りかい
げいじゅつか
じゆう
やくわり

あらあらしい音楽や映画でも、
人間らしさをとりもどせる？

すきな芸術をまもろうとして、
けんかになることもあるよね？

この世にあとをのこすことで、

しぬのがこわい、って気もちをのりこえるんだ。

そうだね、でも…

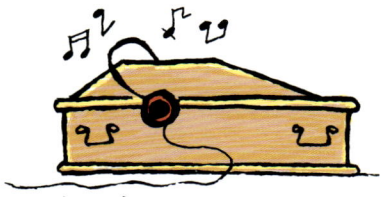

死を受けいれるのにも、役にたつよね？

ダンサーも、この世にあとをのこせるのかな？

それより、生きることのすばらしさをぼくらにおしえてくれるんじゃない？

あとをのこせば、人生のかわりになるの？

ちがい

きじゅん

りかい

げいじゅつか

じゆう

やくわり

げんじつをわすれたり、

気ばらししたり、時間つぶしたり。

そうだね、でも…

げんじつって、
そんなにつらいもの？

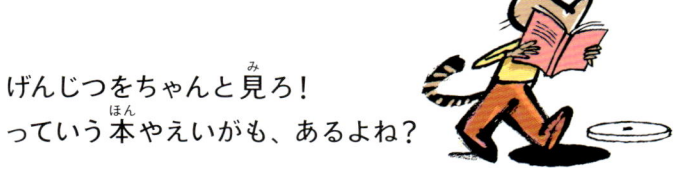
げんじつをちゃんと見ろ！
っていう本やえいがも、あるよね？

げんじつをつくりだしたり、
意味あるものにしたり、
そういう役にもたつんじゃない？

ちがい

きじゅん

りかい

げいじゅつか

じゆう

やくわり

人生をステキなものにして、

そうだね、でも…

それなら芸術家は、
いつもしあわせ？

なんでもステキに見せてくれるなんて、
芸術家って、うそつきなのかな？

ぼくらをしあわせにしてくれる。

ちがい

きじゅん

りかい

げいじゅつか

じゆう

やくわり

ぼくらをふあんにするのも、
芸術の役目？

人生って、もともと、
うんとステキなものじゃない？

芸術って、なにかの役にたたなきゃ、いけないんだろうか？

ひとびとに、よろこびをあたえてくれる——それだけじゃ、だめなのかな。

芸術家は、ふつうのひとには見えないものが見えていて、

ぼくらにもそれが見えるよう、力をかしてくれるんだ。

なんでも見えれば、しあわせになれるってわけじゃないけど。

それから、芸術には、ひとびとをひとつにまとめる力がある。

ほら、コンサートとかおしばいで、かんきゃくみんな、いっしょに感動するよね。

それに、ぼくらのなやみやくるしみを、わすれさせてくれる力もある。

まいにちの生活を、人生を、それに、死さえも、うつくしく見せてくれるんだもの。

それって、つまり、芸術はうそつき、ってことなのかな。

げんじつをごまかしたり、わすれさせたりするんだから。

芸術は、ぼくらの人生をらくにしてくれるかと思えば、じゃましてきたり、

なんの役にもたたないかと思えば、なくてはならないものになったり、

かと思えば、同時に、そのりょうほうだったり…

そんなふうに、ぜんぜんちがう顔をいくつももっているのが、

きっと、芸術というものなんだろう。

この問いについて
考えることは、
　　　　つまり…

…うつくしいものが、
人間(にんげん)にとってどんな意味(いみ)を
もってきたのか、考(かんが)えること。

…ものの見方(みかた)をかえてみるのに
芸術家(げいじゅつか)の目(め)がひつようなんだ、
って知(し)ること。

…芸術(げいじゅつ)の力(ちから)をかりれば、
ぼくたち、かべをこえられるんだ、って気(き)づくこと。

…そんな芸術(げいじゅつ)の力(ちから)をかりて、
しあわせを、その手(て)につかむこと。

ちがい

きじゅん

りかい

げいじゅつか

じゆう

やくわり

オスカー・ブルニフィエ

哲学の博士で、先生。おとなたちが哲学の研究会をひらくのをてつだったり、こどもたちが自分で哲学できる場をつくったり、みんなが哲学となかよくなれるように、世界中をかけまわってがんばってる。これまでに出した本は、中高生向けのシリーズ「哲学者一年生」(ナタン社)や『おしえて先生! 論理学』(スイユ社)、小学生向けのシリーズ「こども哲学」、「哲学のアイデア」、「はんたいことばで考える哲学の本」(いずれもナタン社)、「てつがくえほん」(オートルモン社)、先生たちが読む教科書『話しあいをとおして教えること』(CRDP社)や『小学校教育における哲学の実践』(セドラップ社)などなど、たくさんあって、ぜんぶあわせると35もの国のコトバに翻訳されている。世界の哲学教育についてユネスコがまとめた報告書『哲学、自由の学校』にも論文を書いてるんだ。
http://www.pratiques-philosophiques.fr

レミ・クルジョン

「美と芸術って、なに?」のイラスト、どうしよう…
レミ・クルジョンのあたまにまず思い浮かんだのは、
さびたトタン板に描かれた、抽象的なカタチだった。
…なんか、見たことあるよね?…
なら、洗濯機のモビールは? おもしは、オウムの羽根。
…ありがちじゃない?…
アザラシのなめし革に、アステカっぽいもようを彫るのはどう?
…それって、あたらしいの?…
結局、何になったと思う?
そう、かわいくて、おもしろい絵なんだな。

西宮かおり

東京大学卒業後、同大学院総合文化研究科に入学。社会科学高等研究院(フランス・パリ)留学を経て、東京大学大学院総合文化研究科博士課程を単位取得退学。訳書に『思考の取引』(ジャン=リュック・ナンシー著、岩波書店)、『精神分析のとまどい』(ジャック・デリダ著、岩波書店)、「こども哲学」シリーズ10巻(小社刊)などがある。

フランスでは、自分をとりまく社会についてよく知り、自分でものごとを判断できる人になる、つまり「良き市民」になるということを、教育のひとつの目標としています。

そのため、小学校から高校まで「市民・公民」という科目があります。そして、高校三年では哲学の授業が必修となります。

高校の最終学年で、かならず哲学を勉強しなければならない、とさだめたのは、かの有名なナポレオンでした。およそ二百年も前のことです。

高校三年生の終わりには、大学の入学試験をかねた国家試験が行なわれるのですが、ここでも文系・理系を問わず、哲学は必修科目です。

出題される問いには、例えば次のようなものがあります。

「なぜ私たちは、何かを美しいと感じるのだろうか？」

「使っている言語が異なるからといって、お互いの理解がさまたげられるということがあるだろうか？」

これらの問題について、過去の哲学者たちが考えてきたことをふまえつつ、自分の意見を文章にして提示することが求められるのです。

当たり前とされていることを疑ってみるまなざしと、ものごとを深く考えてゆくための力をやしなうために、哲学は重要であると考えられています。

編集部

こども哲学　美と芸術って、なに？

2019年5月30日　初版第1刷発行

文	オスカー・ブルニフィエ
訳	西宮かおり
絵	レミ・クルジョン
日本版監修	重松 清
日本版デザイン	吉野 愛
描き文字	阿部伸二（カレラ）
編集	鈴木久仁子　大槻美和（朝日出版社第2編集部）
発行者	原 雅久
発行所	株式会社朝日出版社
	〒101-0065 東京都千代田区西神田3-3-5
	TEL. 03-3263-3321 / FAX. 03-5226-9599
	http://www.asahipress.com
印刷・製本	図書印刷株式会社

ISBN978-4-255-01121-9 C0098
© NISHIMIYA Kaori, ASAHI PRESS, 2019 Printed in Japan